Valentin Wehefritz

Mein letztes Sträußchen

Komische Gedichte in Nürnberger Mundart

Valentin Wehefritz

Mein letztes Sträußchen

Komische Gedichte in Nürnberger Mundart

ISBN/EAN: 9783743316997

Hergestellt in Europa, USA, Kanada, Australien, Japan

Cover: Foto ©Andreas Hilbeck / pixelio.de

Manufactured and distributed by brebook publishing software
(www.brebook.com)

Valentin Wehefritz

Mein letztes Sträußchen

An meine Leſer.

Wenn's bös Böichla wieder löf'n,
Wär'ns fog'n alli zamm,
Der is ſcho oft g'noug bau g'wöf'n,
Alter H a n n i , gaihſt öitz hamm?
Doch der Hanni lacht derzou,
Denkt: Dös is a närr'ſch Gethou.

Denn er ſorgt doch für Erheit'rung,
Für Zerſtreuung in ihr'n Schmerz,
Wenn der Kummer ah in Eit'rung
Uebergaiht und bricht bös Herz,
Lindert' er ſchnell wöi der Blitz
Ihr'n Kummer durch ſein Witz.

Er verſcheucht doch Sorg'n, Leid'n,
Durch ſei komiſchi Gedicht,
Schafft ſu mancher G'ſellſchaft Freud'n
Und erheitert manches G'ſicht.
D'rum bitt ih Sie halt recht ſchöi,
Lauß'ns halt in Hanni göih!

1*

Dösmol bin ih lang ausblieb'n,
Hoab scho denkt, es gaiht in's Grob,
Doch der Peitrus haut mer g'schrieb'n,
Daß ih noh Verläng'rung hob.
D'rum setz ih böi Bitt noh b'raf:
„Nehmes mih halt freundlih af."

Der Verfasser.

Zum Jahr 1865.

A Jauer is öitz wieder rum
Mit Freud und Lab und Kummer,
Mit Möih und Aerbet, Sorg'n, Rauth
Und ah mit manch'n Brummer.
Wos werd uns öitzet denn dageg'n,
Dös neu wuhl lauß'n wieder sög'n.

Dös alt haut uns fei niht verschont
Mit Feuersg'foahr und Wasser,
Mit Unglücksfäll af alli Dart
Und grasser, immer grasser.
Su haut se sih entwick'lt fei,
Ja Häuser senn goar g'fall'n eih.

Und mancha Krinolina is
Von Wind in b'Häih g'jogt wur'n,
Und Mancher haut dös Jauer ah
Sei Renommce verlur'n. — —
Und Mancher haut in Still'n g'lacht,
Wenn er haut laugi Finger g'macht.

Und Mancher haut als Rauthschild goar
Dös Jauer figaröiert,
Haut Häuser kaft, und haut verkaft,
Haut g'mahnt, er profitöiert.
Und haut bernau su viel bezweckt,
Daß er öitz fest in Schuld'n steckt.

Und Mancher haut dös Jauer goar
No g'schwink a Frau sih g'numma,
Damit dös Greithla vurn Fall —
Is unter d'Hab'n kumma.
Und öitzet seufz'ns alli zwa:
O wär'n mer noh amoal allah!

Und Mancher haut in Kart'lspiel
Und Kug'ln viel verlur'n,
Af den haut halt d'Fortuna g'hat
Vielleicht an grauß'n Zurn.
Dös Lotto hob'ns kastaröiert,
Nau haut mer sih dau revangöiert.

D'rum setz'n mer unser Hoffnung öitz
Af dih, du löib's neu's Jauer!
Gib Glück und Sög'n, G'sundheit uns,
Verschon uns ah af's Hauer!
Mit Mißwachs, Theurung, Sterb und Rauth,
Gib jed'n halt sei Stückla Braud.

Und sei halt, gout's Neujauer du,
Dösmoal a bißla g'scheider,
Und mach's niht, wöis bei Vurfoahr g'macht,
Und sei ka Bär'nhäuter.
Beglück uns stets mit beiner Huld
Vergib uns all'n unser Schuld.

Lauß Frucht und Obst, und Waz und Kurn,
Lauß Alles halt gedeiha,
Thou uns mit Fried'n in der Welt
Halt überoall erfreua.
Beglück und sög'n uns für und für,
Nau haßt's: „Herr Gott, Dich lob'n
wir!"

Nau kenna mer wieder fröhli sei
Und unsers Löb'ns uns freua,
Und alli zamm as vuller Brust:
„Prosit Neu'sjauer!" schreia.
Und sumit schlöiß ih öitz mei Bitt':
„Entzöig uns, Herr, Dein Sög'n niht!"

Letzter Wunsch eines alten Spitalpfründners an seine Hinterbliebenen.

Wenn ih amol g'storb'n bin,
Laßt in's Taub'nhaus mih leg'n,
Doch ih bin in Spitt'l d'rinn,
Dau werd su wos g'wieß niht g'schög'n.

Dau kumm ih in's Kämmerla,
Su wos thout mer wuhl niht g'fall'n,
Doch mir macht mer sicher ah
Dau nix extra vur All'n.

No wenn's koh niht anderst sei,
Hob ih weiter nix dageg'n,
Thet an schwarz'n Kitt'l sei,
Ner kann weiß'n mir ohleg'n.

Denn in su an weiß'n G'wand,
Sicht mer wöi ah G'spenst af Eiher;
Sunst woar's sittlih wöi bekannt,
Ober öitzet gilt's nix meiher.

Und mit Bluma, Bändern, Kränz,
Thet mih halt niht viel beeihern,

Denn ih bin ka Exallenz,
Den der Firlafonz thout g'haiern.

Setzt ka Hab'n mir niht af,
Dau verdeckt ihr mir bös G'haier,
Daß on jüngst'n G'richt ih b'raf
Doch gleih die Posauna haier.

Jungfern laßt mer ka mitgöih,
Hob's ner sunst in Löb'n mög'n,
Blaus zwöi Müßner, bös is schöi,
Thout viel feierlicher sög'n.

Und nau bei St. Jacob fei,
Sollt ih af'n Roches kumma,
Prägt's Euch in's Gedächtniß eih,
Laßt die Trauerglock'n brumma.

Gaiht's af St. Johannes naus,
Nau laßt bei St. Sebald läut'n,
Waß, Ihr macht Euch dau nix b'raus,
Und erfüllt mei Bitt mit Freud'n.

Und ah af'n Kerchhuf nau,
Denn dau möcht mer 's G'fraschli kröig'n,
Wenn's an wöi an Sträfling dau
Döi letzta Eiher goar entzöig'n.

Ner ka Lobred niht on Groab,
Denn mei Löb'nslaf mouß sog'n,
Wöi ih mih betrog'n hob
In mein jung und alt'n Tog'n.

Laßt mer löiber dau dafür
„In Groab is Rouh" herzli singa,
Denn daudurch ner könnt Ihr mir
Noh a graußa Eiher bringa.

Bitt'n thet'r kann zor Leicht,
Wer mir gout g'wöst is in Löb'n,
Der werd mir nau doch vielleicht
Ah noh die letzt Eiher göb'n.

Nau kohn ih mit hettern Mouth
Bei mein Schöpfer mih ohkünd'n,
Koh ihn bitt'n korz und gout:
„Herr vergib mir meini Sünd'n!"

Denn wenn Ahner vur sein End
Sih thout bessern und bereua,
Und sein Heiland oherkennt,
Dem thout er ah g'wieß verzeiha.

Oeitz wißt Ihr mein Wunsch Gottlob,
Wos soll ih no meiher red'n,
Z'letzt thet on mein still'n Grob
No a Vater Unser bet'n.

Die drei Taud'nfärg.

Ah Schreinermaster, ih waß grob niht wou,
Woar gern ah bißla vergeß'n dazou,
Er haut ah in Bachus bei Tog wöi bei Noacht
Goar fleißi ah freiwillis Opfer oft broacht.

Den sterbt öitz a Vetter, dau schick'ns gleih noh,
Damit er das Mauß doch zum Sarg nehma koh,
Oeitz denkt'r in Hamgöih, dös Ding kummt mer z'arg
Ih hob su viel Erbet, wöi mach ih den Sarg? —

Su gaiht'r und mouß on an Wörthshaus vurbei,
Wart, denkt er, a halba is trunk'n ja gleih,
Gaiht nei und trifft dort'n an Zunftmaster oh,
No denkt'r, dös freut mih, öitz hob ih mein Moh.

Und sagt gleih: Herr Brouder! gout, daß ih dih siech,
Ih hait dau an recht'n schöin Aftrog für dich,
Kohnst du mir bis Morg'n um sechsa ganz g'wieß
An Sarg mach'n no für mein Vetter, für'n Rieß?

Der is gestern g'storb'n, ih gib dir dös Mauß,
Du machst mern halt ober niht z'klah u. niht z'grauß
Und schickst'n nau Oab'nds in's Trauerhaus noh,
Dacht Gülda döi kröigst dort, recht löib wär's
mer scho.

Worum niht, sagt der b'raf, bös kohn ih scho thou,
Ih mach'n scho saber, schöi is ja der Louh,
Su gaiht nau der fort,sagt: Verlaßß mih halt b'rafl
Abe öitz, Herr Brouder, 's is Zeit, daß ih laf.

Deitz mouß er on goldin Trumpaitla vorbei,
Wart, denkt er, wos liegt droh, ih gaih a weng nei,
A halba böi kohn ih vertrog'n scho noh,
Deitz trifft er dort wieder an Zunftmaster oh.

Der Aftrog, den daß er in Eirst'n haut g'macht,
Der woar scho vergeß'n, drum haut'r gleih g'sagt:
Herr Brouder, daß ih dih dau treff bös is g'scheid,
Kohnst du kann Sarg mach'n? ih denk, du haust Zeit,

D'rum horch mih ner oh, sei su gout, wenn's dir
g'fällt —
Und haut nau an Sarg wöi bein eierst'n b'stellt,
Es kumma nau meiher Bekannti derzou,
Mer setzt sih nau zamm dau und trinkt schöi in Rouh,

Su gaiht'r nau fort, wall gaiht kahner niht mit,
Sagt noh zou den Master: Vergeß mih fei niht!
Sein Thal haut er g'hatt'n af Eiher, ih wett,
Is ham, haut sih auszug'n und legt sih in's Bett.

Fröih staiht er nau af, gaiht in b'Werkstatt gleih nei,
Deitz staiht'r und b'sinnt sih, der Sarg fällt'n eih,

Kreuz Dunner und Wetter und Mordsakerklam!
A Sarg is mer ohg'fremt, ihr G'sell'n, helft zamm!

Der mouß bis um sechsa in's Trauerhaus noh,
Sunst hent'n mer böi Leut an Prozeß dort'n oh,
Deitz seeg'ns und hub'lus, wos Zeug hält allzamm
Und D ab'nds um sechsa dau trog'ns hamm.

Kam woar'ns in Haus mit, kam liegt der Moh
                              brinn,
Deitz kummt scho der zweit Sarg, su wanher ih bin,
Die Nachbern böi hob'n zon Fenstern roh brummt:
Wer is denn noh g'storb'n, daß noh a Sarg kummt?

Die Wittfrau schreit runter vull Zürn bernau:
„Ihr seid dau niht recht droh, der Sarg is scho dau!"
Kam macht's zou dös Fenster, dös woar a Mahleur,
Su bringa zwöi Andri in britt'n Sarg her.

Deitz werd dau a Lärma, als brennets in Haus
Und Alles laft zamm, lacht böi Schreiner dau aus,
Döi stenna und sög'n anander halt oh,
Wall kahner niht waß mit'n Sarg öitz wou noh.

Zum Glück kummt der Master, der's allzwöi haut
                              b'stellt,
Der kratzt hintern Auer, wöih'n Alles eihfällt,
Er sagt gleih vur Schreck'n: Tragt's ham in mei
                              Haus
Und schickt euri Master, dort zoahl ih's nau aus.

Döi trog'ns gleih fort, thena weiter ka Fraug
'Und Alles lacht laut af und läft ihnen nauch,
Dös soll a Spetack'l, a Lärma g'wöst sei,
Der Master der schleicht sih in's Trauerhaus nei.

Denkt, ih hob mih bau af a dumma Oart prellt,
Döi Särg mouß ih b'halt'n, bis daß mer an b'stellt.
Eu wöi Ahner hand'lt, su kröigt'r sein Louh!
Deitz kohn er wöi der Bauer amoal Hutz'l nei thou.

Der pfiffige Müller.

A Müller drauß'n af'n Land —
Dös Urth is Jed'n höi bekannt —
Der haut den Winter, ih hob g'lacht,
Amoal a ordlis Stückla g'macht.

Die Pengez woar fest g'fruhr'n zou,
Deitz denkt der, ih waß, wos ih thou,
Su kohn ih jo nur Eis niht moahl'n,
Wer theut mir denn mein Schoab'n zoahl'n.

Ih schür a tüchtis Feuer d'raf
Und leihn dös Eis mit'nander af,
Hulz wär ih brauch'n wuhl niht zweng,
Doch treibt's mer wieder meint Gäng.

Denn bis ih bau an Fluß roh hau,
Und rech'n Werkzeug, Aerbet g'nau,
Und wos mih kost'n thet dernau,
Hob ih bös Eis wek g'schmolz'n bau.

Dreihundert Büsch'l, löibk Leut,
Ih glab der Müller woar niht g'scheid,
Döi läßt er schaff'n hi af's Eis
Und schlicht's nau rum mit grauß'n Fleiß.

A Darms wenn hi kumma wär,
Hait g'sagt: O löiber gouter Herr!
O schenk'ns mer an Büsch'l halt,
Ih hob ka Hulz und is su kalt!

Ih glab der hait en g'worf'n naus,
Und bau haut er, bös is a Graus,
Dreihundert goar in ahner Noächt
Der Dummheit gleih zon Opfer broacht.

Fröih zünd er nau bös Hulz zamm oh,
Von all'n Seit'n won er koh,
Die Büsch'l senn verbrennt dernau,
Und 's Eis — is alles blieb'n bau.

Die Nachbern hob'n alli g'lacht,
Und hob'n sih über ihn lusti g'macht,
Wall er woar goar su herzli dumm,
Denn niht a Roab is ganga rumm.

Deitz haut'r hintern Auer kratzt
Und g'sagt: Ih hob doch schöi eihg'hazt,
Um 18 Gülda Hutz verbrennt, —
Dau schlog der Dunner drei am End!

Mei Nachbern senn doch g'scheiber g'wöst.
Döi moahl'n öitz und ih sitz fest.
Su ober gaihts an Jeb'n sei,
Wenn Ahner will su pfiffi sei!

———

Der Hochofen.

Deitz sotti Schläit git's meiher höi,
Döi hob'n a Häuch, ih was nit wöi,
Und will der Rauch halt nemmer naus,
Nau brennes sie's mit Pulver aus.

Su haut a g'wißer Wirth an g'hat,
Halt af'n Durf, niht in der Stadt,
Mit den haut er graußa Nauth,
Blaus wall er nemmer zug'n haut.

No benkt der Wirth, wos is der mehr?
Lauß ih an Sachverständing her,

Und lauß'n nau ausbrenna dau,
Kost's mih an bind'l Göld dernau.

Dös kohn ih dau b'erspoar'n sei,
Denn 's koh ka graußa Kunst niht sei,
Ih kaf a halb Pfund Pulver ner,
Und leg's nau untern Schlaut ung'fähr.

Und zünd dernau an Schwamma oh,
Und lleg'n d'raf, und laf davoh,
Dös treibt in Rouß mit'nander naus,
Nau hob ih Fried von Rauch in Haus.

Su wöi er's denkt, su haut er's g'macht
Und haut nur Freud'n hamlih g'lacht,
Daß er dau in der gröißt'n Nauth
A su an schöin Gedank'n haut.

Kahm is er in der Stub'n d'rinn,
So thout's, su wauher ih eiherlih bin,
An setz'n Kracher und an Schlog,
Mir haut halt denkt, 's kummt der jüngst Tog.

Und der Hauchuf'n korz a klah,
Liegt dau in Trümmer, Schutt und Stah,
Den haut's su asanander trieb'n,
Daß goar kah Stah meihr ganz is blieb'n.

Deiß springt der Wirth wöi närrisch naus
Und Alles rennt und schreit in Haus,
Die Nachbern kumma kreuz und quer,
Betracht'n dau bös grauß Malheur.

Und schreia: Dunner Schlapperment!
Der haut sein Schlaut sei schöi ausbrennt,
Der liegt öitz dau, bös haut an Dart,
Und haut dabei doch 's Gölb b'erspoart.

Der Wirth, der häit verzweifl'n mög'n,
Wöi der haut böi Ruina g'sög'n,
D'rum is bös allamoal der Louh,
Wenn 's Ah will klüger sei als 's Houh.

Die Ruheſtörung nach Mitternacht.

Es git doch währlih ohna Zoahl
Deiß immer närr'ſchi G'ſchicht'n,
Und thout mer nau bös Jauer amoal
Af su a Narrheit bicht'n,
Nau blähes b'rüber af ihr'n Krupf,
Und ſog'n „der grauß Kniblesfupf!"
Koh nix als reſandiern.

Su haut sih on der Söldnerszgaß,
Hob ih mir lauß'n sog'n,
Z'nächst on der Kaiserstalling dort,
A dumma G'schicht zoutrog'n.
Es woar dort in an Schreinershaus,
Die Mitternoachtstund woar scho aus,
Wou Alles fest haut g'schlauf'n.

Af amoal schreies in den Haus
Wöi närr'sch zon Fenster runter,
„Zou Hilf! zou Hilf!" bös woar a Graus;
„Ihr Nachbern helft, werd munter!
„A Döib, a Döib! kummt, stäht uns bei!
„Laf nauch der Polizei Ahns gleih,
„Sunst senn mer All' verluhr'n."

Der Hausherr läut't in seiner Stub'n,
Will G'sell'n und Junga weck'n,
Allah böi traua sih niht roh,
Und thenna sih versteck'n.
Bald poltert's ub'n, und bald unt,
Dös dauert fast a halba Stund,
Und kummt on alli Thür'n.

Deitz springt gleih die ganz Nachberschaft
On's Fenster und thout lus'n,
A Wirth, der springt g'schwink aff'n Bett,
Und schlupft in b'Unterhus'n.

2*

Und zünd gleih a Latern oh,
Rennt noh af b'Gaß su g'schwink er koh,
Und mahnt, es thout wou brenna.

Allah er sicht ka Hell'n niht,
Thout links ah rechts rumgaff'n,
Deitz kumma ah Saldot'n g'rennt,
Döi hob'n G'wihr und Waff'n.
Dort schreies zon Verzweif'lu roh
Um Leut und Hilf ner, wos mer koh;
Deitz is des G'laf ohganga.

Der Ah kummt mit'r a Hack'n g'rennt,
A And'rer mit an Prüg'l,
A n'alta Frau haut in der Händ
An fetz'n Stollertieg'l.
Su drängt sih Ahns ous Anber noh,
Und Kahner traut sih niht buroh,
Bis b'Polizei is kumma.

Deitz wöi döi kumma, fraug'ns gleih,
Wos git's denn bau für Sach'n?
Und schreia naf, es soll Ahns roh
Uno soll die Thür afmach'n.
Allah bau traut sih Kahns niht noh,
Deitz werf'ns in Hausschlüss'l roh,
Daß unt'n sperr'n könna.

Su reunes nau in Tenna nei,
Waß kahn's niht, wos werd' wär'n,
Döi mit'n g'fällt'n Bankauaith,
Der Wirth mit der Latern.

Und su gaiht's nau die Stöig'n naf,
Die Polizei in vull'n Laf,
Is ah gleih hint'brei g'wöf'n.

Und af der Gaß dau woar a G'jchra
Und a Gedräng von Leut'n,
Der Ah, der jagt: Dös is ka Döib!
An And'rer schreit von Weit'n:
Es seun doch G'jell'n und Leut in Haus,
Su brüll'n döi zon Fenster raus,
Der Moh haut ka Kurajchi.

Und unterdeff'n seun döi drub'n,
Uud wider ihr Verhoff'n,
Su hob'ns an Moh mit stier'n Blick,
Dort in an Eck ohtroff'n.
Sie reiß'na verri gleih dernau,
Und jchreia: „Herr, wos macht er dau,
Er will jo g'wieß goar stiehl'n?“

Der staiht und glotzt döi Leut zamm oh,
Und thout sih a wahl b'sinna,
Nau jagt'r endlih, daß er köh
Sei Stubathür niht finna.

Derwahl kummt ah der Hausherr raus
Und sicht den stöih, der schreit grob naus:
„Herr, senn Sie denn des Teuf'ls?"

„Rumorn in mein Haus dau rum,
„Dös is niht zu verzeiha,
„Und göb'n mir ka Antwort niht,
„Af Fraug'n und af Schreia."
Der sagt: Ih mouß verhext g'wöst sei,
Ih hob mi nemmer auskennt sei,
Sunst wär's mir niht passöiert.

„Na b'suff'n, sagt der Hausherr, senns,
„Und ner nix g'sagt dergeg'n,"
Der haut öitz sei Kuraschi kröigt,
Wöi er döi Hilf haut g'sög'n.
„Herr! is dös a Betrog'n dau,
„Den Lerma mach'n und dernau
„Die Leut in Schreck'n setz'n?"

„Oeitz genges in Ihr Stub'n nei,
„Und röihern Sie sih meiher,
„Nau lauß ih Ihnen arratöiern,
„Ih schwür's bei meiner Eiher!
„Ihr Herrn, ih dank tausetmoal,
„Daß Sie mih doch von derer Quoal
„Befreit hob'n und senn kumma."

Deiß senn böi mitanander fort,
Wos woll'ns weiter mach'n?
Und wöis nau drunt die Leut d'erfoahr'n,
Thout Alles herzlih lach'n,
Und schrcia zamm: Ka Döib, ka Döib!
Es woar in an sein Kupf ner tröib,
Dös macht der Brondweihschwind'l.

––––––––––

Die zehn Gebot des Wirths.

1. Gebot.

Di sollst stets bei mir eihkaihern,
Doch niht lästern, slouch'n,
Unt kah anders Wörthshaus ab
Außer mein niht b'souch'n.

2. Gebot.

Du solst b'scheib'n tischkaröiern,
Und nilt streit'n woll'n,
Eff'n, trink'n und bernau
Schöi bei Zech bezohl'n.

3. Gebot.

Du sollst kumma, wenn's ah thout
Rögna oder schneia,
Und bei Göld bei mir verzehr'n,
Rauchet thout's mih freua.

4. Gebot.

Du sollst mei Lokoal und mih
Stets in Eihern halt'n,
Daß dir wuhl gaiht in mein Haus,
Rauchet bleib'n mer d'Alt'n.

5. Gebot.

Du sollst ah kann Kroug, ka Glos
Und kann Töller z'brech'n,
Dös vertheiert uer die Zech
Und macht Leberstech'n.

6. Gebot.

Du sollst kaun mei Fräu in Rouh,
Niht viel mit'ra red'n,
Oder meiner Kellneri
Goar af d'Zeiha tröt'n.

7. Gebot.

Du sollst Alles lieg'n laun,
Wos dir niht is eig'n,
Wos an Anb'rer oft vergißt,
Gleih in Wirth ohzeig'n.

8. Gebot.

Du sollst gleih bezoahl'n boar,
Wos b'erhalt'n eb'n,
Unb fei in Gebank'na niht
A falsch Gölb hergöb'n. —

9 Gebot.

Du sollst niht begehr'n, horch!
Z'löb'n mit an Anber'n,
Unb wenn's Feieroab'nb is
In bei Bett hamwanbern.

10. Gebot.

Du sollst niht verlanga fei,
Wos ih theu niht hob'n,
Unb niht mit der Zech durchgöih,
Nau koh ih dih lob'n!

Die zehn Gebote der Gäste.

1. Gebot.

Du sollst freundlih jed'n Gast
Stets entgeg'n kumma,
Und niht über jedes Wurth
G'schichter schneid'n und brumma.

2. Gebot.

Du sollst niht vergebli oft
Lauß'n nauch dir schreia,
Und beböina deini Gäst
Schnell, nau kohn's an freua.

3. Gebot.

Döi, daß schöier alli Tog
Fleißi zou dir wand'ln,
Sollst niht, wöi der Brauch oft is,
Nauchläßi behand'ln.

4. Gebot.

Deini Mad'n soll'ns G'scherr
Blank und reinlih feg'n,
Daß mit Wuhlg'fall'n deini Gäst
Zou dir neigöih mög'n.

5. Gebot.

Du sollst ah ka z'sprunges Glos,
Deini Gäst, wenn's zech'n,
Hihstell'n und für gout afschreib'n,
Wenn sie's eppet z'brech'n.

6. Gebot.

Du sollst and'ri Fraua eihern
Und niht unterbess'n
Deini Gäst, wenn's borschti senn,
D'rüber goar vergess'n.

7. Gebot.

Du sollst in dein Köhler b'runt
Föihern ah ka Spritz'n,
Sunst'n, wenn mer dih berkratscht,
Thout mer dir ahn's schnitz'n.

8. Gebot.

Du sollst meiher niht begehr'n,
Als die Tax is eb'n,
Und die Pfenni jed'n Gast
Ornblih wieder göb'n.

9. Gebot.

Du sollst ah ka graußa Zech
Mach'n fei dein Gäst'n,
Und dih durch die Dopp'lkreid'n
Eppet woll'n mäst'n.

10. Gebot.

Du sollst Wei, Kaffee und Böier
Und wos sunst thoust hob'n,
Frisch und gout dein Gäst'n göb'n,
Nau bist du zon lob'n!

An den Sommer 1861.

Du Summer haust uns heuer sitz'n lauß'n,
Die Dick'n hob'n derf'n niht viel blauß'n,
Die Mogern hob'n g'hat af dich an Zurn,
Döi haut's in ganz'n Teg oft nix als g'fruhr'n.

Af dich setzt Jeder 's Jaur sei Vertraua,
Doch heuer hait's an Jed'n soll'n graua,

Denn nix als Kält und Wind, und Reg'n,
Schatt'n,
Mir hob'n kä drei warmi Täg niht g'hatt'n.

Die Gart'n= und die Köhlerwirth vür all'n,
Döiß denen haut bei Herrschaft goar niht g'fall'n,
Su bald döi hob'n ner wos annosöiert,
Häust du an Reg'n und an Wind herg'söihert.

Die Musikant'n haut's ah ornblih g'riss'n,
Haut Mancher g'sagt: „Dös werd der Himm'l
wiss'n,
„Mir senn recht üb'l droh, thou die erbarma,
„Sunst möiß'n mer z'Grund göih Alli noh, mir
arma!"

Und die Spazöierfoahrt'n, Landparthia,
Dös werd dir in drei Jauern niht verzieha,
Ah in die Kerscht'ngärt'n werd nix wär'n,
Dös möiß'n mer Alles deinetweg'n entbehr'n.

Und wöi is mit'n G'möis und mit'n Kurn,
Häust du af uns denn goar ah su an Zurn?
Z'moal wou öitz Alles su is Sünd'n theuer,
Dau machst du öitz döi Dummheit drei noh
heuer.

Dös Obst is ah scho über d'Hälft verluhr'n,
Is manches Stückla Braud d'erspoart mit wuhr'n,
Bei Münch'n drub'n hauft goar laußn schneia,
Oeitz su a Grubheit koh an goar niht freua.

Und öitzet machst dih langsam af bie Suhl'n,
Und schleichst dih fort, als haitest wou wos
                              g'stuhl'n,
Wennst übers Jauer kummst u. bist niht z'scheider,
Nau hass'n mer dih allzamm an Bärnhäuter!

Doch wallst dih später hauft no anderst b'sunna,
Hauft Wärm noh broacht, und scheina laußn
                              d'Sunna,
Thouft unser Kurn und Waz und Heu bedenk'n,
Und uns zum Schluß no a gout's Wöter
                              schenk'n.

So woll'n mer bir bei Grubheit halt verzeiha,
Und wieder unsers Löb'ns uns erfreua,
Ner sei öitz g'scheid, bedenk boch unsern Kummer,
Und schenk uns noh an alt'n Weibersummer.

Denn bös koh ih bir in Vertraua sog'n,
'S git Ahni, döi in Pilz in Summer trog'n,
D'rum hob ah Eisicht halt, vergeß bein Zurn,
Mit denen böi scho Geist und G'fühl ber=
                              fruhr'n.

Der gesunde Appetitt.

Wenn Ahner haut recht Appetitt
Und koh recht viel vertrog'n,
Nau haßt's: Dös is a g'sunder Mensch,
Der haut an gout'n Mog'n.
Wenn Ahner z'moal niht g'näschi is,
Der werd ah oalt, bös is ganz g'wieß.

Dau wohnt höi in r'a Vurstadt wou
A Frau, bös is g'wieß wauher,
Döi ziehlt su circa, wöi ih sog,
Halt zwaancunzig Jauer.
Und haut a su an gout'n Mog'n,
Döi könnt noh Kis'lstah vertrog'n.

Amoal dau kummt ihr Tochter ham,
Döi woar a Wäschi öb'n,
Bei bera haut die Moutter g'wohnt
Und b'schlößt dort ah ihr Löb'n.
Döt bringt an Vöiring Saf'n mit,
Legt's af'n Tisch und sahmt sie niht.

Gaiht naus und b'sorgt ihr and'ra Sach,
Deitz thout se sih g'rob füg'n,
Daß d'Moutter in die Stub'n kummt
Und sicht döi Saf'n lieg'n.

A Braud liegt af'n Tisch dabei;
Dös is für mih, su denkt sie gleih.

Und macht sib ah gleih d'rüber her,
Und fängt halt oh zon keia,
Und frißt döi Saf'n für an Kös,
Dau kennt sih Ahner speia.
Die Hälft von den Labbraud derzou,
Nau haut ihr Mog'n g'hat a Rouh.

No endlih kummt die Tochter rei,
Und soucht nauch ihra Saf'n,
Die Alt sitzt af an Sess'l dort,
Und koh vur Queahl niht schnaf'n.
„Wos souchst denn Greith?" fängt's oh dernou.
Mei Saf'n, Mutter, is niht dau?

Ih hob's doch af'n Tisch herg'legt,
Wöi ih vur ham bin kumma.
„Du mahnst ja g'wieß, ih bin su dumm,"
Fängt gleih die Alt oh z'brumma,
„Du sagst, dös woar a Saf'n dös?
„Na, na, dös woar a Backstahkös."

„Und woll ih g'mahnt, er g'haiert mei,
„Su hob ihn ah gleih gess'n."
Herr Gott! fängt d'raf die Tochter oh:
Ja Moutter, is denn b'sess'n?

Trink's ner a Glösla Brondweih d'raf,
Sunst platzt'ra ihr Mog'n af.

„O löiba Greith, lauß dir bößwög'n
„Ner ka graus Hauer wachs'n,
„Du mahnst ja g'wieß ih bin su dumm,
„Und glab dau deini Far'n?
„Der Kös woar fett und mild und fest,
„Und is ka bißla sauer g'wöst."

Dös woar die Saf'n für mei Wäsch!
Döi ih mit hamm hob g'numma,
Deiß über sit an Narr'nstrach,
Dau möcht mer frei verkumma,
Dös wär mei gröißta Dummheit, pös,
A Saf'n freß'n für an Kös!

Doch haut's a gouta Werkung thou,
Bei dera Frau, 's is wauher,
Döi haut dau d'raf 's Laxäiern kröigt,
Drei Woch'n fort af's Hauer.
Döi braucht üß Jauer a Tog af Eiher!
Ka Pulver und ka Pilla meiher.

Meine Betrachtungen über einen Ameisenhaufen am 15. Juli 1864.

Amoal lieg ih in Freia wou,
Pfleg af'n Gros a weng mei Rouh,
Und denk a su mein Schicksoal nauch,
Von sunst und ötz, von Rouh und Plaug.

Wöi ih mih in der Welt scho hob
Rumtumm'lt und bin g'sund Gottlob,
Und hob trutz Sorg'n, Plaug und Möih,
Oetz doch a rouhis Plätzla höi.

Su gutz ih rum als wöi in Trahm,
Stech neber mir, dort on an Bahm,
An Omeshaft'n, wou ih bin,
Und Omes'n viel Hundert d'rinn.

Ih denk dau nemmer on die Rouh,
Und stech su den Gewuz'l zou,
Wöi döia Thöierla grauß a klah,
Sih plaug'n, schaff'n, jed's allah.

Wöis ihri Ahrla hi a her
Rumschlepp'n, wenn's a Spielzeug wär,
Wöi kahn's af's ander merk'n thout,
Und doch mit'nander herz'nsgout.

No, hob ih benkt, bu löiba Zeit,
Wär's üb'roall su, bös wär a Freud,
Döi Ordnung, Ahnigkeit und Löib,
Kahn's macht in andern 's Löb'n tröib.

Grob su mouß unfer Welt ah fei,
A graußer Omeshaft'n fei,
Die Menfch'n wuz'ln ah rum d'rinn,
Als wöi döi Omef'n dauinn.

Ner ober mit den Unterfchied,
Es mog Ahn's dau bös Ander niht,
A Jedes will öiß beffer fei,
A Jedes bild fih meiher eih.

Denn Reid und Mißgunft, Heuch'lei,
Hoabfucht, Betrug und Stolz dabei,
Dös g'haiert mit zon gout'n Toh,
Von Gräißt'n bis zon Bött'lmoh.

Haut Ahner a klan's Aemtla ner,
Wenn's ner a Louhbedöinter wär,
Der bild fih öiß fcho meiher eih,
Wöl manchmoal a Beamter fei.

Thou Ahner in a Foabarik,
Und Infitut manchmoal an Blick,
Haut dort der Burg'fetzt alles Lub,
Senn g'wieß die Untergöb'na grub.

3*

Su is in all'n Ständ'n gleich,
Raas ahner runt in ganz'n Reich,
Und souch er treu und Redlichkeit,
Ih waß, daß er sei Möih bereut.

D'rum wall mer goar kann Mensch'n fikd't
Af dera Welt öitz ohna Sünd,
Su wollt ih — af mei Eiher sei!
A Omes'n viel löiber sei.

Die Biene.

Neulih mach ih on an Sunnta
Z'Fouß a klana Landparthie,
Raus af Laf zor Kunigunda,
Und kumm af a Dörfla hi.
Gaih dort in a Wörthshaus nei,
Und nehm dau a Fröihstück eih.

D'raus in Huf staiht on ra Mauern
Dort a setz'n Bienastuck,
G'haiert neb'ndroh an Bauern,
Ih gloz dau als wöi a Buck:
Biena schwärma um a bum,
Wengst'ns su zwa Tauset rum.

Gleih b'raf kummt der Bauer g'loff'n,
Schreit: „Herr, genges niht z'noah hi,
„Denn sunst wider ihr Verhoff'n,
„Stechet Ihna su a Bieh.
„Denn böi halt'n zamm dauinn,
„Wöi 's dörr Böich, su wauhr ih bin.“

„Ja Herr, böia Bih senn g'scheider,
„Wöi die Mensch'n, Sapperment!
„Und senn su veracht oft leider,
„Wall mer ihr'n Werth niht kennt.
„Wöi böi schaff'n, trog'n zou
„Rastlaus fleißi, ohna Rouh.“

„Wöi böi gleih as jeder Bluma,
„Honig saug'n in der Still,
„Und niht as der Ordnung kumma,
„'S is a jeder stets ihr Will,
„Riehr'n ohna Unterschied
„Milliona Mensch'n mit.“

„Ihr'n Bau, den sollt'ns sög'n,
„Ob dau Mensch'nhänd in Stand
„Senn und su wos bringa z'wög'n,
„Dös als Kunstwerk is bekannt.
„Jeda haut ihr agna Zell,
„Wous d'rinn wohnt af alli Fäll.“

„Ihr'n König hob'ns ah noh,
„Der bös Ruder föihern thout,
„Unb ben henk'ns alli fest oh,
„Stets mit Löib unb heitern Mouth.
„Der regöiert sei Volk allah,
„Braucht goar kann Minister, na."

„Der begnoabigt unb thout strauf'n,
„Der macht G'setz, besiehlt unb richt,
„Alli anb'ri G'setzer schlauf'n,
„Braucht ka Rentamt unb ka G'richt,
„Ner an Wink zou seiner Zeit,
„Unb 's ganz Länbla is bereit."

„Wenn ber König 's Jauer amoal ner
„As'n Land an Ausflug macht,
„Nau is ober ah bös Land leer,
„Wall'n jeber treu bewacht.
„Von ihn weicht sei Volk kann Tritt,
„Löiber zöig'ns alli mit."

Ih bin nauchet weiter ganga,
Unb hob zou mer selber g'sagt:
„„Herr, nauch ben mir all' verlanga,
„„Du haust alles trefflih g'macht.
„„Bayerns Volk nehm bir bauvoh,
„„Ner a klan's Exemp'l broh.""

Beschreibung der Lustfahrt per Dampf nach Wien am 25. August 1864.

Wos mer ötzet Alles d'erlöb'n
Höi in unsern Nörnberg,
Fester thouts af Fester göb'n,
Ries'nfester, Ries'nzwerg.
Tritt amoal a Paus'n eih,
Mouß a Landparthie nau sei.

Su is ötz a Foarth entstand'n,
Ober halt a bißla weit,
Unter Freund'n und Bekannt'n,
All's woar af an Wink bereit.
Schneider, Boader, Foabrikant,
Privateur, korz allerhand

Haut sih on döi Foahrt ohg'schloss'n,
Bis nauch Wien ihr löib'n Leut,
Mit fährt Jeder unverdroß'n,
Buller Lust und vuller Freud.
G'sorgt haut Jeder korz und gout,
Daß'n on nix föhl'n thout.

Freundlih haut mers d'runt empfanga,
Denn Musik und G'sangvereih,

Meiher koh mer niht verlanga,
Senn entgeg'n g'foahr'n fei.
Herzlih haut's a jedes löib,
Jä sugoar die Taschenböif.

Denn döi hob'n viel beitrog'n
Zor Erleicht'rung ihrer Last,
Su hob ih mir lauß'n fog'n,
Hob'ns fcharf in d'Aug'n g'faßt.
Haut fih Ahner umdreht ner,
Woar ah fcho fei Tafch'n leer.

Denn dau woar ka Duf'n z'heili,
Und ka Schnupfteuch und ka Uhr,
In Gedräng woar Alles freilih,
Wer ftellt fie nau fu wos pur?
Portmanäi und Cigarr'nfpih
Senn verfchwund'n wöi der Blih.

An fchöin Layrbeerkronz, an grauß'n,
Haut mer dort in G'fangvereih
Herzlih überreich'n lauß'n,
Der foll köftlih g'wöf'n fei.
Als Ohdenk'n on döi Foarth,
Su a Freundfchaft haut an Oart!

Und iy kaiferlinga Prinz'n
Hob'ns an Lekouch'n ah mitbroacht,

Möiß'na oder z'eierst vrzinj'n
Af der Mauth, öiß gouta Noacht!
Wer ner ju wos denk'n koh,
Dau waß mer höi nix davoh.

Af den Lekouch'n is no g'wöj'n
A recht schöin's Lokoalgedicht,
Wöi jie's hob'n in Prinz vurg'löj'n,
Haut der g'macht a freundlis G'jicht.
Schaut dabei in Himmel naj
Und mouß jechsmoal nöijt'n d'raj.

Doch wer'n überreicht haut öb'n,
Und wöis jenn afg'numma wuhr'n,
Dauvoh schweigt die G'jchicht in Löb'n,
Dau gaiht alli Spur verluhr'n.
Wenn mer g'jraugt haut, meiner Six,
Kahner waß von Lekouch'n nix.

Ober wöi ih jpöter g'haiert,
Woar'ns doch a Stücker oacht,
Döj den Lehkouch'n hob'n vereihert,
Und bös Opfer hob'n broacht,
Döi jih eppet bild'n eih,
'S kummt a Taujetgülda-Schei.

Scho wöi's jenn in Wien ohkumma,
Woar a Massa Mensch'n dau,

Döi in Boahnhuf Ohthal g'numma,
Herzlih sie bewillkummt nau.
Schöiner kohn's nix meiher göb'n,
'S woar a Herz, a Sinn, a Löb'n!

Nau senn's in die Gasthüf ganga,
Hob'n nauch Quatöiern g'schaut,
Wall a Jeder mit Verlanga
Sih doch nauch der Rouh g'sehnt haut.
Oab'nds woar'ns gloab'n eih,
Zo Konzert und G'sangvereih.

Dau senn's in an Soal neikumma,
'S soll der gröißt ah sei in Wien,
Vuller Stoat und Pracht ringsuma,
Zwaazwanzl Krouleuchter b'rinn,
Unser Ablersoal meintwög'n
Is ner Miniatur bageg'n.

Und su senn's in Wien rumg'wand'lt,
Jed'n Tog die Kreuz und Quer,
'S haut sih blaus um bös halt g'haud'lt,
Jeder mögt wos sög'n ner.
Denn zon Schaua ohna Ziel
Git's Merkwerdigkeit'n viel.

Manchi hob'n Alles g'sög'n,
Wos mer sih ner wünsch'n koh,

Manchi ober senn dageg'n,
Blaus ner zou an Schöppla noh,
Denn banander woar'ns nie,
Döi senn dau, döi dort'n hih.

Blaus in Esterhazyköhler
Woar'ns banander korza Zeit,
Ober nauchet woar der Föhler,
Hob'n sie sih immer z'streut.
Mancher soucht wos extra — denn —
Wöi halt g'rob die Gusto senn. — —

Ahni senn nauch Semmering g'foahr'n,
Ahni senn in Proater naus,
Ahni in Augart'n woar'n,
Ah ban Schott'nhammer d'raus.
Korz sie woar'n nit beisamm,
Bis zon Schluß senn g'foahr'n hamm.

Feierlih haut mer Abschied g'numma,
Herzlih woar der Scheidungskuß,
Alles schreit: „Bald wieder kumma,
Und on Nörnberg ah an Gruß!"
Kahm daß Abschied wink'n noh,
Saust die Lokomotiv davoh.

Ober wöis nau ham senn kumma,
Haut sih fast der Boahnhuf bug'n,

Mih hout's woahrlih Wunder g'numma,
Daß die Börger niht afzug'n,
Ober a Hauch in dunkler Noacht
Hob'ns Ihnen doch noh broacht.

Deitzet ober lauß ih's bleib'n,
Denn öitz wiff'ns Alli g'noug,
Wenn ih wolltet Alles b'schreib'n,
Wär't as mein Gedicht a Bouch.
Und wenn's Ihnen g'fälli is,
Foohr'n mer öitz bald nauch Paris!

Die drei Rosen.

Drei Rauf'n, böi blöiha in an Gart'n,
Döi braucht goar ka Gärtner niht z'wart'n,
Entsproff'n fenn's all' drei as an kräftinga
Stamm,
D'rum blöiha fu schöi böi drei Rauf'n beifamm.

Du Gott, der Herr, thou's halt begüietn,
Damit's doch ka Sturm thout knick'n,

Sei Ihnen a mächtig Stütz'n in'n Löb'n,
Thou ihnen Glück, Sög'n und G'sundheit stets
göb'n.

Bis daß sie sich wieder verzweig'n,
Und glücklich ihr Ziel ah erreich'n,
Und Knosp'n af Knosp'n entfalt'n bernau,
Zur Eiher und Ruhm ihrer Urahna bau.

Wer böia drei Raus'n senn öb'n,
Koh ih blaus in Afschluß ner göb'n,
D'rum z'reiß'ns ihr'n Kupf niht, bös wär jo a
Graus,
Denn ohna mih bringes Sie's sicher niht raus.

Der Kutscher in tausend Aengsten.

Amoal in der Karthäusergaß
Haut sih a G'spaß zeutrog'n,
Es is öitz wuhl scho lang vorbei,
D'rum kohn ih's Ihnen sog'n.

"Dau is a Leicht in dera Gaß,
Wer wärt dän scho meintwög'n

Zwou Stund'n af'n Wog'n faſt,
Der läßt ſih halt niht ſög'n.

Der Kutſcher is grob ſelb'n Tog
A weng verkaihert g'wöſ'n,
Thout af ſein Zett'l in der Fluht
Katharinagaß bau löſ'n.

Uub fährt dort ah natürlih hih,
Thout ſeini Gäul noh plaug'n,
Und thout banoh on jeb'n Haus
Dort nauch an Taubt'n fraug'n.

Die Nahbern ſenn zamm paſſi wu'rn,
Dös läßt ſih leiht berrauth'n,
Es ſterbt ja doch ka Menſch niht gern,
Der will mit G'walt an Taubt'n.

In dera Gaß bau is ka Leiht,
Dös thour öiß ſcho ſög'n,
Und ſterb'n werd grob ah ka Menſch
Z'moal bau um ſeinetwög'n.

Deiß ſicht der ſei Papöier oh,
Denkt, hob ih denn reht g'ſög'n?
Dau ſtaiht ja b'raf: „Karthäuſergaß,"
Wöi is mer denn öiß g'ſchög'n?

Und ih foahr in böi Gaß dau reih,
Und will an Taudt'n hul'n,
Deiß haut'r af bie Gäul naf,
Und fährt als hait'r g'stuhl'n.

Kummt richti hih on's Trauerhaus
Und haut an setz'n Zurn,
Natürlih is er dort'n gleih
Recht ornblih rohputzt wur'n.

Deiß trögt mer ner in Sarg g'schwink raus
Und thout'n af'n Wog'n,
Der Kutscher, der is mäuslastill
Und thout ka Wörtla sog'n.

Er zöigt bernau bös Latsal oh,
Thout mit der Peitsch'n knall'n,
Af amoal thout der Satt'lgaul,
Wöi taudt on Wog'n umfall'n.

No bös is öitz a schöina G'schicht!
Der Kutscher springt gleih runter,
Reißt on sein Gaul als wöi niht g'scheid,
Allah der werd niht munter.

Deiß wörd's in Kutscher angst a bang,
Der staiht als wöi af Kuhl'n,
Die Säilfrau löft, wos laf'n koh,
Thout and'ri Gäul hul'n.

A Moh der schreit zon Kutscher hiß:
Ih will'n ditz wos sog'n,
Schick er g'schwink nauch'n Collrakorb,
Lauß er sein' Gaul hamtrog'n.

Den bringt mer nemmer in die Häich,
Der leib't in klann Gebärm,
An Metz'n Hoabern, zwöi Bund Hti,
Und in a gleicha Wärm.

Koh sei, nau werd er wieder g'sund,
Den thout der Baba föhl'n,
Deitz mach er kanni Umstänb niht,
Und thou er niht lang wöhl'n.

No endlih thout sih doch der Gaul
Su nauchet nauch derhul'n,
Der Kutscher schleicht sih mit ihn fort,
Als wenn ern haitet g'stuhl'n.

Zwöi and'ri Gäul senn ah scho dau,
Döi senn gleih ohg'spannt g'wös'n,
Deitz su wos haut mer nio
In kahner Kronik g'lös'n.

Su soahr'ns nauchet langsam fort,
Wos will mer weiter mach'n?
Statt daß mer dau hait greina sollh,
Haut möiß'n Alles lach'n.

Der Schweinsschlegel.

A Wirth halt in ra Vurstabt b'raus,
A broaver g'scheiber Mob,
Der sticht fast alli Tog a Sau,
Su grauß er's kröig'n koh.
Ka Metzgersmaster woar er niht,
Dös woar dau blaus der Unterschieb,
Mir haut's'n ah niht g'schafft,
Daß er a Flasch verkaft.

Doch dös schenöiert den Moh grob niht,
Der macht sei Sach scho g'scheib,
Er haut ja mahnst'ns in der Stoabt
D'rinn sei bekannti Leut.
Der Bäck'nbou bringt fröih dös Braub,
Dau haut's ja goar ka graußa Nauth,
Den packt mer a Trumm eih,
Der schwärzt's nau scho mit neih.

Amoal thout er an Schlüg'l fröih,
Von zeha Pfund herricht'n,
Den packt er nau in Troagkorb neih,
Und thout dös Braub b'raf schlicht'n.
Der Bäck'njung, wöj's alli senn,
A Gallingstrick su weit ihn kenn,
Mit af'n Buck'l naf,
Und fort in vull'n Laf.

4

In Fortgöih sagt der Wirth und Teis:
Du, Gärla, merk sei d'raf,
Dort ban Cramenater horch,
Dau halt dih sei niht af.
Döi Herrn hob'n an seina G'ruch,
Der merket eppet den Betrug,
Der zupfet mih dau schöi,
Ih möißt vur Angst vergöih.

Der Gerla sagt: Es is scho recht,
Ih mach mei Sach scho g'scheid,
Den dreh ih heunt a Nos'n oh,
Sie hob'n g'wieß a Freud.
Su gaiht'r fort und pfeift derzou,
Kummt bis on's Wachhaus hi der Bou,
Dau staiht der Herr scho dau,
Und sagt: Deiz bin ih frauh!

Dir siech is scho von weit'n oh,
Du hauft nir gout's in Sinn,
Deiz sagst mer gleih, woßt alles hauft,
Dau in dein Troagkorb d'rinn.
Der Bou, der werd gleih feuerrauth,
Sagt: „Ih hob nir als wöi mei Braud,
Ih g'stennet's Ihnen eih,
Dau guiß'ns selber reih."

Der fährt gleih mit fünf Fingern nei,
Als wöi der Hans in b'Nüß,

Kummt richti on a' Her'n noh,
Döi d'rinn als Zouwaug is.
Deitz schreit der: Bou, wos soll dös sei?
Wöi kummt zou Braub dös Flasch baureih?
Su häist du mih ohg'föiert?
Dös Flasch werd confiszöiert!

„A Flasch?" sagt gleih der Böck'njung,
„Dös koh ih niht verstöih,
„Dös möißt halt g'rob reihg'fall'n sei"
Und will scho weitergöih.
Der ober sagt: Gaih du ner zou,
Du gaihst af d'Polizei mit, Bou,
Dort werd mer dir's scho sog'n,
Deitz hob ih die ban Krog'n.

Der gaiht vuroh, und nei in d'Stadt,
Der Bou gaiht hint'n d'reih,
Der Wirth is ober unbemerkt
Ah g'schlich'n su hint'nb'reih.
Den haut mer ja dös Ding gleih g'steckt,
Der haut ner g'schwink sein Ruck ohg'legt,
Haut denkt, no dös wär schöi,
Dau könnt mei Sau b'raf göih.

Er schleicht in Boub'n immer nauch,
Bis af'n Säumark neih,
Dort gkt er'n hamlih ner an Wink,
Der bilb't sih gleih wos eih.

4*

Bleibt stöih als rouhet er uer aus,
Der Wirth zöigt g'schwink sein Schlüg'l raus,
Und untern Ruck mit noh,
Löst, wos er laf'n koh.

Und gleih d'raf macht der Bou a G'schra,
Dös woar zon Teuf'lhul'n,
„Herr Eramanater, genges her,
„Mir haut mer g'wieß wos g'stuhl'n.
„Af ameal is mei Korb su leicht,
„Und vurher scho dau haut's mih däucht,
„Als möißt wos hint'n sei,
„Dau gutz'ns uer g'schwink reih."

Der springt gleih hih, durchsoucht in Korb,
Dau is der Schlüg'l raus,
Die Her'n ner, böi steckt noh d'rinn;
Na ober öitz woar's aus.
Er floucht, der Himm'l möcht sie bölg'n,
Der Kerl soll bös Fraschli kröig'n,
Er soll d'erstick'n droh,
Su wöi er frißt davoh.

Er nehmt die Her'n as'n Korb,
Und steckt's in Ruck g'schwink neih,
Und sagt, öitz gaihst zon Teuf'l, Bou,
Döi Her'n g'hatert meih.

Su rennt'r fort, als wöi niht g'scheid,
Der Gerla ober lacht vur Freud,
Und sagt: „Ih bin ner frauh,
Der Schlüg'l is doch dau."

Das nächtliche Abenteuer.

Verwich'n haut sih in au Durf
A närr'scher G'spaß zoutrog'n,
In Wörthshaus is böi G'schicht passöiert,
Hob ih mir lauß'n sog'n.

Dau is a Schoustersmaster g'wöst,
An alter Wittwer öb'n,
Der will in junga Mablen halt
No immer göih on's Löb'n.

Er plaugt die Wörthsmad stund'nlong,
Und wenn's'n thet b'erstauß'n,
Sie soll'n doch a ahnzig'smoal,
Ner bei'ra schlauf'n lauß'n.

Der Knecht, der haut scho lang as G'spaß
In Haushund su dressöiert,

Daß, wenn der z'Roacht's sagt: Marsch, in's
Bett!
Der Hund gleih abmarschöiert.

Und naus, in Knecht sei Kammer naf,
Und in sei Bett nei g'stieg'n,
Dau bleibt'r bis der Knecht nau kummt,
Dort af'n Deckbett lieg'n.

Dös haut die Mad natürlih g'wißt,
Und denkt, den will ih schnöiern,
Den thou ih, wenn er wieder kummt,
In Knecht sei Bett naf föihern.

Und sagt: Deitz thennes in mein Bett
Schöi still und rouhi lieg'n;
Wenn's d'runt'n Feieroab'nd is,
Nau kumm ih scho gleih g'stieg'n.

Er drückt'ra vull Freud die Händ,
Er waß niht wöis'n g'schög'n,
Und zöigt sih bis af's Hemed aus,
Thout sih in's Bett nei leg'n.

Su liegt'r dau banoah zwou Stund
Mit Hoff'n und mit Harr'n,
Und denkt niht, daß die Bärb'l ihn
Haut blaus allah zon Narr'n.

Deiß um a zehna thout der Knecht
In Sultan kummadöiern,
Sagt: Marsch in's Bett, 's is Zeit amoal,
Der thout gleih naus marschöiern;

Und schleicht ganz langsam d'Stöig'n naf,
Als röichet er in Bräut'ii,
Der Schouster denkt, die Bärb'l kummt,
Sagt leis: „Haus, öiß hant's g'rauth'n.“

Und ruckt gleih ninter on die Wänd,
Heunt, denkt'r, thout's' mer gl'inga,
Af amoal thout a fetz'n Hund
Zou ihn af's Bett naffpringa.

Der Schouster schreit Kamordio,
Der Hund fängt oh zon brüll'n,
Der Schouster mahnt, es is a G'spenst,
Und schreit: „Um's Himm'lswill'n!“

„Kummt mir denn goar ka Mensch niht z'Hilf,
„Ih mouß vur Angst verkumma.“
Der Sultan ober packt'n fest
Und thout noh ärger brumma.

Der Knecht, der haiert drunt dös G'schra,
Und springt gleih nei in b'Stub'n,
Und schreit: Geht raus, ih glab, 's gaiht um
In meiner Kammer d'rub'n.

Deitz springt gleih All's, wer dau g'wöst is,
Mit Löichter und Latern
In Tenna naus und Stöig'n naf,
Als wenn's zamm närrisch wär'n.

Und gleih in Knecht sei Kammer nei,
Deitz su wos monß mer sög'n,
In blank'n Hemed af'n Bett,
Dau is der Schouster g'lög'n.

Und af ihn drub'n sitzt der Hund,
Als wollt er'n gleih derbeiß'n,
Der schreit erbärmlih: „Helft, oach helft!
Dös Louder will mih z'reiß'n."

Der Knecht, der reißt in Hund gleih roh,
Sagt: Louder gaihst dort ninter!
Der Schouster staiht vur Schreck'n dau,
Als wöi an armer Sünder.

Der Wirth schreit gleih as vull'n Hols:
Wos machst denn du dauinna?
Ja Hans, wöi kummst denn in bös Pett,
Du bist ja g'wieß von Sinna?

Der waß niht, woß er sog'n soll,
Und koh fast nemmer lall'n,
Döi laf'n fort und schreia zamm:
Der Schouster in der Fall'n!

Der schleicht sih wöi a Döib davoh,
Und waß niht, wöis'n g'schög'n,
Und Jauer a Tog, dau haut mer'n ah
In Wörthshaus nemmer g'sög'n

D'rum soll sih su a alter Moh
Um su wos nemmer reiß'n,
Und wenns'n noh su drück'n thout,
Nau soll er's halt verbeiß'n.

Der Katzenjammer.

Af der Rausenau woar neulih
Wieder su a Jub'lfest,
Wou mer Luftballoh, Ragäit'n
Und Luftbilder steig'n läßt.

No dau senn ja auß'n g'stand'n
Mensch'n g'wieß viel Hundert sei,
Denn dort inn is abonnöiert,
Dau derf döi g'mah Woar niht nei.

Deitzet thout se sih grob füg'n,
Daß a su a Luftbildhaut

In der Stoadt is sichtboar wur'n,
Dau haut freilih Alles g'schaut.

Vur an hauch'n Haus dau stehna,
Recht viel Mensch'n, gutz'n naf,
Der schreit: Dau is! der schreit: Dort is!
Immer stärker werd dös G'laf.

As'n Haft'n schreit a Moh raus:
Brenna thout's, ih siech's ganz g'nau,
O er Ochs! dös is a Wolf'n!
Schreit an alta Spitt'lfrau.

Und drei Stöig'n hauch, in an Stübla,
Frißt a Schneider zou sein Braud
Um an Kreuzer Essikümmerling,
Der an Katz'njammer haut.

Deitz haut der von Brenna g'haiert,
Springt vull Angst on's Fenster noh,
Sicht döi Leut zamm vur sein Haus stöih
Und fängt gleih zon schreia oh:

„Frau, gaih reih, bä uns thout's brenna,
„Gutz ner noh, 's deut Alles raf,
„Dös is in der Bud'nkammer,
„Trog ner g'schwink a Wasser naf."

Und su rennt'r af'n Bub'n,
Läst in alli Kammern nei,
Ober er sicht halt ka Feuer,
Spürt kann Rauch niht ub'nbreit.

Rennt nau wieder noh die Stöig'n,
Und vur's Haus: „Won brennt's denn, Leut?"
In sein Kupf! haut Ahner g'schria,
Glab, der Herr is niht recht g'scheid.

Gutz er naf in Himm'l, Schneider,
Dau sicht er, ih thou niht löig'n,
Wieder a Trumm von Nörnberger
Wuhlstand in der Luft rumflöig'n.

Der wend't um, rennt wöi der Dunner
Naf in b'Stub'n, wos er koh;
Und sei Frau will mit an Ball'n
Better g'rob on's Fenster noh.

„'S is nix, Frau, a blinder Lärma,
„Lauß die Better dau, sei g'scheid,
„Ih bin a dumm's Louder g'wös'n,
„Schäm mih öitz ner vur die Leut."

Doch is selt'n won a Schod'n,
Is a Nutz'n ah dabei.
Bin doch von mein Katz'njammer
Durch den Schreck'n wieder frei!

Der Sonntagsjäger.

A Sunntajäger, der of thout
Die eb'l Jagdluft g'nöiß'n,
Der gaiht öiz neulih wieder naus,
Und mahnt, er koh wos schöiß'n.

Der Tog woar schöi, b'rum macht'n heunt,
Dös Jog'n ah Vergnöig'n,
Er thout sih ah ba Bergnersdorf,
Gleih links in Wold nei zöig'n.

Und löft nau rum in ganz'n Tog,
D'erfröihert Föiß und Nos'n,
Und trifft ka Krauha niht amoal,
Vielwenger noh an Hos'n.

Sei Hund, den 's Jog'n ah niht freut,
Haut wieder sei Verhoff'n
An stark'n Refmatismus kröigt,
Is goar davoh nau g'loff'n.

Su is er um a oachta z'Roachts,
Vull Zurn und Unwill'n,
Af Bergnersdorf in 's Wörthshaus nei,
Und thout sein Hunger still'n.

Und gaiht nau in der Finstern fort,
Haut af'n Weg niht g'sög'n,
Kummt endlih on die Pengez noh,
Dau staiht'r ganz verlög'n.

Er waß öitz nemmer, wou er is,
Er mog sih noh zu b'sinna,
Af amoal rutscht'r aus und liegt
Deitz in an Groab'n d'rinna.

Dach Gott! zu seufzt'r, löiber Gott,
Erhalt mer ner mei Löb'n,
Ih will in eirst'n Arma morg'n
An ganz'n Grosch'n göb'n.

Ih will kann Reihbuck und ka Gaß,
Kann Hof'n meiher schöiß'n,
Ih will mei Sünd'n alli zamm
Ba meiner Frau ohböiß'n.

Dös is a grauß Versprech'n, Herr!
Eu thout er lamatöiern.
Deitz springt a Hund her af ihn zou
Und thout'n attaquöiern.

Der hält'n g'schwink die Büchs'n vur
Und will grob af ihn ziehl'n,
Dau kummt der Höiter von der Flur
Und mahnt, er will was stiehl'n.

Und schreit gleih: Halt, die Flint'n weck,
Ihn soll der Teuf'l hul'n!
Er brauchet g'wieß Bobak'n, Herr?
Bei mir dau werd niht g'stuhl'n!

Wos, ih Bobak'n, ih a Döib?
Schreit der und kröigt an Zurn,
Ih bin a Jäger, Herr, und hob
In recht'n Wög verlur'n.

Potz Blitz! Sie senn der Sunntajäger,
Su sagt der Höiter Steff'n,
Der alli Sunnta in Revier
Thout jog'n, und koh nix treff'n.

Dort genges über den Acker naj,
Nau kummes af die Strauß'n,
Wenn ih niht besser schöiß'n kennt,
Nau thet ih's bleib'n lauß'n.

Und joget blaus af's braut'n Wild,
Hait ih nauch an Verlanga,
Su könnt'es doch in Hos'n gleih
Nau mit der Händ d'erlanga.

Der haut dau d'raf ka Wurt niht g'sagt,
Daß er ihn haut su troff'n,
Er is dernau, su g'schwint er koh,
Zou seiner Frau hamg'loff'n.

Ob er noh öfter g'schoss'n haut,
Ih waß niht af mein' G'wiss'n.
Und gaiht mih ah in Grund nix oh,
Sei Frau döi werd's scho wiss'n.

Das theüre Spanferkel.

Deitz gaiht fröih af'n Mart a Moh,
Thout sih a Sposau hul'n,
Der halt mit su wos umgöiht toh,
Und macht sih af die Suhl'n.

Steckt's untern Kitt'l wöi der Blitz,
Und fängt mit oh zon laf'n,
Der Bauer woar grob in der Hitz,
Wall Ahner drei will kaf'n.

Und gutzt niht af döi Sposau noh,
Döi der davoh haut trog'n,
Dös sicht a Frau, döi kennt den Moh
Und thout's in Bauern sog'n.

Der is gleih af die Polizei,
Und thout die Ohzeig mach'n,

Derwal haut der bös Säula gleih
Hamtrog'n und thout lach'n.

Und sticht's, und putzt, und nehmt's gleih aus,
Er thout nix droh vergess'n,
Denkt, dös git Morg'n an prächting Schmaus,
Dau will ih ornblih fress'n.

Deitz wöi die Sau woar herg'richt schöi,
Kamt er g'schwink af vur all'n,
Deitz sicht'r d'raus zwöi Männer stöih,
Döi woll'na goar niht g'fall'n.

Sie gutz'n raf, und wink'n ah gleih,
Er denkt, ih röich in Braut'n,
Dös senn zwöi von der Polizei,
Ih bin mei Seil verrauth'n.

Er trögt die Sau in d'Kammer d'raf,
Und thout's in's Bett nei leg'n,
Und setzt'ra ah a Betthab'n af,
Denkt, dau thout kahn's hersög'n.

Und unterdess'n kumma döi
Halt reih und visetöiern,
Und thena wög'n dera Sau
In Moh examanöiern.

Allah der g'stennet ja nix eih,
Den hait'ns derf'n bleia,
Oeih woll'ns in die Kammer nei,
Dau fängt der Moh oh z'schreia:

„Ner niht in b'Kammer naus, ihr Herrn!
„Mei Kind haut 's Nerv'nfieber,
„Sie könnt'n sunst'n ohg'steckt wär'n,
„Ih kümmeret mih d'rüber."

Allah döi sog'n, 's macht nix aus,
Mir thenna uns niht scheua,
Und patsch senn's in der Kammer b'raus,
Und souch'n dau von neua.

Sie schaua rum mit heitern Sinn
Und wöi's bös Bett afbeck'n,
Su liegt a prächtis Säula d'rinn,
Thout alli Vöier streck'n.

Haut goar a Betthab'n af derzou,
Döi müiß'n herzlih lach'n,
Und Er staiht dau, als wöi a Bou,
Und thout a Pfrotsch'n mach'n.

Su, thennes dös krank Kind öih gleih
A bißla eihballöiern,
Und trog'ns mit af b'Polizei,
Sie brauch'n sih niht z'schenöiern.

Su senn's nau mitanander fort,
Der hait verzweif'ln mög'n,
Wöis af der Polizei senn dort,
Woar's um bös Säula g'schög'n.

Wou's dort is hih begroab'n wur'n,
Dös koh ih g'rod niht sog'n,
Ner, daß er af'n Wafferthurn
Drei Monat Lad haut trog'n. — —

Die Fahrt auf das Oktoberfest.

Dös Jauer amoal dau mouß mer doch
Sei Räppla laf'n lauß'n,
Nau reit mer halt sei Steckapfer,
Und thet's an noh su stauß'n.
Wenn an die G'lög'nheit höi verläßt,
Nau fährt mer af's Oktoberfest,
Und macht sih dort'n lusti.

Su is an g'wieß'n Moh von höi
Ah der Gedank'n kumma,

Daß er mitfährt, und haut verzou
Sei Tochter ah mitg'numma.
Dös freilih woar a graußa Freud,
Dös Mabla rennt als wöi niht g'scheib,
Und thout ihr Woar zammpack'n.

Mir packt gleih vöier Klaber eih,
Und Guld= und Silbersach'n,
An Hout, a Hab'n, an Ueberwurf,
Dau könnt mer d'rüber lach'n.
Und drei Poar Strümpf, und zwa Poar Schou
Und neui Stiefela verzou,
An Tieg'l vull Pumadi.

In eierst'n Oktober fröih
Dau thout der Zug beginna,
Mit freuding Herz'n thout mer sih
In Boahnhuf nau zammfinna.
Nau gaiht der Zug bis Augsburg naf,
Dau halt'n sie sih nauchet af
Dreiwöirt'l Stund zon Rouha.

Deitz föihert der sei Tochter gleih
Nei in die Städt meintwög'n,
Wall 's Mabla wauherscheinli haut
Augsburg goar noh niht g'sög'n.

5*

Er weist'ra dös Staubbild gleih
Von Fugger, und die Häuserreih,
Löst alli Firmatoaf'ln.

Nau föihert er's af's „Lug in's Land",
Sie senn vergnöigt und munter,
Und über awahl dau genges nau
Mit'nander wieder rünter.
Doch wöis in Boahnhuf kimma ham,
Den Schreck'n, na dös woar a Graus,
Is g'rod der Zug fortg'foahr'n.

Deitz stennes dau und schreia z'gleich:
„Mir möiß'n ah mitfoahr'n!"
A Moh der lacht, und sagt derzou:
Dös Schreia könne's spoar'n.
D'rum genge's zou, und senn's ner klug,
Sie könna mit'n Oab'ndzug
Heunt noh af München kumma.

Die Tochter greint und lamatöiert,
Er thout in Boarth nei brumma:
Su könna mir af döi Manöier
Um unser Woar zamm kumma.
Ih thou's ötz af der Stell proböiern,
Und lauß gleih hih telegraphöiern,
Daß unser Woat versorg'n.

Su senn's dernau bis Oab'nds noh
In Augsburg rumma g'stieg'n,
Und thenua sih mit Jammer und Angst
Halt in ihr Schicksoal füg'n.
Er haut doch g'hatt'n bös davoh,
Daß er doch zur Zerstreuung koh
Recht Firmatoaf'ln lös'n.

Und endlih senn's um zehna z'Noachts
In Münch'n doch ohkumma,
Und hob'n a Logis gleih g'hat,
Wous woar'n gout afg'numma.
In andern Tog dau woarn's vergnöigt,
Wöis hob'n nau ihr Woar zamm kröigt,
Der Jammer woar vergess'n.

Der Moh haut ober scho ka Glück
In Münch'n, bös is wauher,
Wos is'n af ra Wies'n dort
Passöiert uur etlih Jauer?
Dau fällt'r in an Weiher nei,
Koh nemmer raus, und g'fröihert ei,
Bis daß'n raus g'haut hob'n.

Su senn's nau wieder g'sund a wahl
In Nörnberg ohkumma,

Doch bös haut er sih steif und fest
Noh in sein Sinn vurg'numma,
Er derft noh zehamoal foahr'n mit,
Von Boahnhuf gäiht er niht an Schritt,
Su lang der Zug thout halt'n.

Die verwechselten Hosen.

Dau fällt mer öitz a Stückla eih,
Dös mouß ih Ihnen sog'n,
Wos mit an g'wieß'n Herrn sih
Haut für an G'spaß zoutrog'n.

Der haut wou a Bekanntschaft g'hat,
Halt mit an g'wieß'n Weibla,
Sie hob'n anander g'horcht und g'löibt,
Als wöi zwa Turt'ltäubla.

Sie haut wuhl g'hat an broav'n Moh,
Allah den haut's niht mög'n,
Nau stellt mer sih an Hausfreund oh,
Dau is ja nix b'roh g'lög'n.

Amoal dan is er ab ba ihr
Bis spöt in d'Noacht nei g'wöf'n,
Af amoal kummt der Moh und läut,
Deitz dös woar a schöins Wöf'n.

Döi fenn allzwa b'erschreck'n gleih,
Sie waß sih goar niht z'faff'n,
Er haut kann andern Weg niht als
Durch's Fenster af die Gaff'n.

Er springt öitz ner g'schwink aß'n Bett,
Und koh ka Huf'n finna,
D'erwischt dös Leintouch in der Angst
Und thout sih mit eihspinna.

Sie sagt: Kröig unter d'Bettstatt noh,
Und thou dih ner niht röihern,
Su wöi er reihkummt thou ihn gleih
Fort in April spedöiern.

Und wöi der Blitz su is der gleih
Noh unter die Bettstatt kroch'n,
Und richti thout gleih b'raf der Moh
D'rauß on der Thür scho poch'n.

Sie macht'n af, er zöigt sih aus,
Will g'rob in's Bett neih steig'n,

Deitz ächzt und winselt halt döi Frau,
Dös woar ganz ohna Gleich'n.

No, sagt der Moh, wos föhlt der denn?
Ih will zon Dokter laf'n,
Dach, sagt's, ih hob a Drück'n ih,
Und koh fast nemmer schnaf'n.

Weck ner in Apathäiker af,
Er soll mer Tropf'n schick'n,
Sog ner: es eilt mer su af's Herz,
Ih mouß sunst noh b'erstick'n.

Der schlupft ner g'schwink in d'Huf'n nei,
B'sorgt um der Frau ihr Löb'n,
Und löft zon Apathäiker fort,
Und läßt sih Tropf'n göb'n.

Deitz langt'r in die Tasch'n nei,
Er will sih niht lang sahma,
Bringt endlih an Dukoat'n raus,
Dau staiht'r wöi von Lahma.

Er soucht öitz alli Tasch'n durch,
Er koh sih goar niht b'sinna,
Er hout doch g'hat a Silbermünz,
Deitz is dös Goldstück b'rinna.

No, denkt er, bin iß denn verhext?
Wöi is mer denn öitz g'schög'n?
Deitz leicht'r seini Huf'n ob,
Dau staiht'r ganz verlög'n.

Deitz senn bös and'ri Huf'n g'wöst;
Der kröigt an setz'n Zurn,
Und denkt, kotz Dunner Wötter Stroahl,
Bist du a Hoahnrey wur'n?

Er läßt in Apathäiker stöib,
Läft fort als hait er g'stuhl'n,
Denkt unterwegs, döi Schwaugerschaft,
Döi soll der Teuf'l hul'n!

Der untern Bett haut siß niht g'sahmt,
Er derf ka Zeit verlöihern,
Kröigt veri, packt sei Klader zamm,
Und thout siß retardiern.

Der Moh kummt hamm, und thout siß gleiß
Natürliß überzeug'n,
Und find't bös Facit richti dau,
Der floucht öitz ohna gleiß'n.

Reißt gleiß die Huf'n roh von Leib,
Und schreit: Ihr sollt mers böiß'n!

Dih, Schlanga, jog ih as'n Haus,
Den Kerl thou ih b'erschöiß'n.

Su legt er sih nau in sei Bett,
Bur Wouth ganz ohna Zweif'l,
In andern Tog in aller Fröih,
Dau gaiht nau oh der Teuf'l.

Er reißt die Frau gleih as'n Bett,
Und thout's halt g'scheid versuhl'n,
Schreit: Meini Huf'n schaffst mer gleih,
Der Kerl soll seini hul'n.

Und sagt: Dös Trinkgöld gib ihn scho,
Ih will nir schuldi bleib'n,
Ih wär'n scho ba G'lög'nheit
Dös G'späßla noh vertreib'n.

Su mouß die Frau die Huf'n hul'n,
Und wenn sie sih thet henk'n,
Doch daß niht selber is higanga,
Dös koh mer sih leicht denk'n,

D'rum, löibi Männer, folgt mein Rauth,
Den ih Euch dau will göb'n,
Traut af der Welt kann Hausfreund niht,
Nau könnt ihr rouhi löb'n.

Der gute Rath.

A Bäueri, böi langa Zeit
Höi in der Stoadt a wöi viel Leut
Mit schlecht'n Kern ehg'schmiert haut,
Döi liegt derham öitz af'n Taud.

Der Dokter sagt zou ihr'n Moh:
Es will nix meiher schleg'n oh,
Es nutzt nix meiher mei Verschreib'n,
Sie werd's su lang wuhl nemmer treib'n.

D'rum gebt euch halt geduldi b'rei;
Ihr sagt, es koh niht anderst sei,
Und macht ihr halt dös End niht schwer,
Abe! su is er fort der Herr.

Der Bauer staiht als wöi a Stuk,
Doch endlih legt'r oh in Ruk,
Löft in der Angst su gout er koh
Zon G'vatter Mich'l noh af Tho.

Horcht, G'vätter! sagt'r, gebt an Rauth,
Mei Frau derham liegt af'n Taud,

Ihr seid doch sunst a g'scheider Moh,
Vielleicht schlägt doch von Euch wos oh.

Wenn euer Frau liegt af'n Taub,
Su sagt der Mich'l, wär mei Raxth,
Dau helfet weiter nix dafür,
Den zöiget ih ban Bauern vür.

Nau werd ihr sög'n mit der Stund,
Is die Fra G'vatter wieder g'sund,
Den Mitt'l, ih versicher Euch!
Is af der Welt ka Mitt'l gleich.

———

Die kranke Kuh.

Deitz haut sih in an Bauerndurf,
O närr'scha G'schicht zoutrog'n,
Niht weit von höi soll's g'wös'n sei.,
Hob ih mir lauß'n sog'n.

A Bauer, der haut sieb'n Köih,
Su g'sund als wöi bös Löh'n,

Dau haut a jeda alli Tog,
Su oacht Mauß Millich göb'n.

'Af ámoal is, wär denket bös?
Ah Kouh affdöißi wur'n,
Sie frißt niht viel, sie hängt in Kupf,
Und haut die Milch verlur'n.

'Der Bauer haut wöi närrisch thou,
Proböiert alli Kur'n,
Allah dau woar halt alli Hilf
Und alli Möih verlur'u.

Deitz is in's unter Wörthshaus noh
An alta Frau neikumma,
Und haut von dera krank'n Kouh
Halt ah döi G'schicht vernumma.

Döi sagt, bös is a Klanigkeit,
Döt Kouh will ih kuröiern,
Deitz thout's der Wirth gleih vuller Freud
Naf zou den Bauern föihern.

Der Bauer föihert's gleih in Stoall,
Sie thout die Kouh ohsög'n,

Und ſtreicht's und murmelt wos dazou,
Döi thout ſih niht beweg'n.

Su, ſagt's, öiz brauch ih ah ſchwarz Braud,
Habt ner kann Kummer öb'n,
Nau werd gleih euer kranka Kouh
Ihr Milch wieder göb'n.

Deiz kummt dös Braud, ſie ſpricht dau leis
Wos d'rüber, wöi an Sög'n,
Und ſchneib't drei Brock'n raus davoh,
Thout's af'n Tiſch hihleg'n.

Sagt: „Wenn ih bin a halba Stund
„Von Urth b'raus, jau niht eiher!
„Gebt ihr dös Braud der krank'n Kouh,
„Heunt ober ſunſt nix meiher.

Der Bauer brückt'ra wos in d'Händ,
Sie is nau abmaſchöiert,
Er hait'ra währlih Alles göb'n,
Wäll's ner ſei Kouh kuröiert.

Sie genga on ihr Aerbet naus,
Deiz thout die Mad hamkumma

Von Mark'n, sagt: Dau sicht's schöi aus,
Su fährt bös Braud dau rumma? —

Mih hungerts g'rob recht ornblih heunt,
Und frißt dau böi drei Brock'n,
Döi, daß die Kouh haut kröig'n soll'n,
Thout sih on Uf'n hock'n.

Deitz kummt der Bauer g'rob derzou,
Wöi böi bös Braud haut gess'n,
Der brüllt dau ärger wöi sei Kouh,
Und thout als wär er b'sess'n.

Er staiht vur Schreck'n steck'nsteif,
Und haut ka Glied niht g'röihert,
Die Mad haut öitz die Milch göb'n,
Die Kouh böi is krepöiert.

Das Leben ist ein Quodlibet.

Dös Löb'n is a Quodlibet,
Dös koh ih Ihnen sog'n,
Mer kummt af b'Welt, werd g'legt in's Bett,
Und werd in Kiß rumtrog'n,
Nau endlih kummt mer af die Bah,
Und löft davoh nau ganz allah.

Nau g'ndißt mer halt sei Jug'ndzeit,
Vull Lust und Freud und Löb'n.
Bald is mer närr'sch, bald is mer g'scheib,
Wöi's thout der Zoufall gäb'n.
Fängt oh und läft in Mablen nauch,
Und macht sih Sorg'n, Möih und Plaug.

Und haut mer ahna nau on Hols
Mit Sehnsucht und Verlanga,
Nau föhlt's on Pfeffer und on Solz,
'S will hint a vorn niht langa.
Nau sagt mer, wou mer gaißt und staiht:
„O wenn ih ner niht g'haireth hait."

Nau kumma Kinder noh derzou,
Döi thenna in Ausschlog gäb'n,

Döi lauß'n an kann Fried, ka Rouh,
Döi woll'n freſſ'n, löb'n.
Und Steuer, Zinſt und Hulz dernau,
Wöi werd mer dau ſei's Löb'ns frauh?

Bis endlih nau trutz Sorg und Kampf,
Und Möih und ſchwer'n Leib'n
Die Seil von Kärper wöi per Dampf
Allmählih ſih thout ſcheid'n.
Nau kummt mer in ſei eiwig's Bett,
Und aus is nau dös Quodlibet!

Das Chriſtbeſcheer.

Zwa Fraua ſenn on Thomestog
Mit'nander ah af Nörnberg reih,
Und woll'n dau ſu, wöi ih ſog,
Für's Chriſtkindla halt kaf'n eih.

Sie ſteig'n rum die Kreuz und Quer,
Sie bleib'n da jeder Bub'n ſtöih,

'S is ihnen Alles z'theuer ner,
Sie thenna überoall weiter göih.

Sie schnorr'n rum als wöi die Bich,
Und g'hungert haut sie's ah bernau,
Deih genges zon schöin Brunna hih,
Und kaf'n sie a Brautwurscht dau.

Doch endlih ba der Flaschbenk b'runt,
Dau kaf'ns nauchet tüchti eih,
Sie hand'ln fast a halba Stund,
Bis daß senn ahni wur'n fei.

Nau hob ih freilih gaft,
Dös hait ih kahner g'sög'n oh,
Die Ah böi haut an Engala kaft,
Die Ander kaft an Zwetschgermoh.

Su senn's mit'nander hamwärts nau,
Damit's niht derf'n wos verzihr'n,
Dös werd a Jub'l wär'n dau
Bei denen, wenn thout 's Kindla b'scheer'n.

Deih möcht ih ober ner noh goar
In Zucker und in Lökouch'n sög'n,
Ih glab, böi ganza Kindleswoar
Haut ka zwa Lauth niht, wenn's sie's wög'n.

Doch genges zou den Weibern nei,
Döi, baß su eihkaft in der Stadt,
Döi mess'n's Göld in Metz'n sei
Und freff'n sih niht halmi satt!

———— ——·—— —

Gespräch

über die

Enthüllung des Denkmals

zü Ihren

Albrecht Dürer

am 21. Mai 1840.

———

Vetter A.

Brouder, moring is der Tog,
Dau wenn ih vur Hunger sterbet,
Sog mer Ahner, wos er mog,
Su werd dau ka Strach niht g'ärbet.

Vetter B.

Su, du red'st von moring scho,
Dir thout's g'wieß scho halmi trama,
Aerbet löiber moring noh,
Konst a su noh g'noug versama.

Vetter A.

Is den moring niht der Tog,
Wou mer'n zwanzt'n Mai thout schreib'n?
Göb mir Ahner, wos er mog,
Dau kennt ih derhamm niht bleib'n.

Vetter B.

As dein G'rieb dau merkt mer's je,
Daß du thoust ka Zeiting lös'n,
Is doch, bös waß jedes scho,
Alles deutlih b'rinna g'wös'n.

Vetter A.

No so sei halt du su gout,
Thou mer doch dei G'schicht erklär'n,
Wos die Zeiting schreib'n thout,
Wöis no mit den Fest werd wär'n.

Wou mer hihkummt haiert mer,
Nix als von den Fest ner rieb'n,
Der schreit hih, unb ber schreit her,
Ih bin ober bau niht z'frieb'n.

Denn ih koh bau immer noh,
Af kann recht'n Grunb uiht kumma,
Du bist boch a g'scheiber Moh,
Kummst in alli G'sellschaft rumma.

Vetter B.

Wenn bir dös a G'fall'n is,
Will ih bir's recht gern soq'n,
Derfst mer's glab'n, ih waß g'wieß,
Wöi sih thout bie Sach zoutrog'n.

Af'n Anazwanzk'n Mai,
Dös sog ih bir öitz vur all'n,
Thout in Albrecht Dürer sei
Eierst sei Geburtstog fall'n.

Daß ih bir von Ohfong jo
Thou boch alles beutlih sog'n,
Dab'nbs vurher thout sih scho,
Gleih wos feierlihs zoutrog'n.

Um a Sechsa, merk amoal,
Dös is gleih ber Ohfong öb'n,

Werd in grauß'n Rauthhaußsoal
Als Prolog die Schöpfung göb'n.

Und wenn bös vorbei is sei,
Vetter, merk, ih thou niht löig'n,
Thennes nau ban Fack'lscheih
Zamm zou Dörers Grob naus zöig'n

Ober nau in andern Tog,
Dös is d'Haptsach doch von all'n,
Brouder, merk öitz, wos ih sog,
Ih was g'wieß, dös werd dir g'fall'n.

Fröih vur Togs dau haierst scho
Pauk'n und Trumpeit'n schmettern
Hauch von Körchathurna roh,
Brouder, dös mouß ner su wettern.

Wer all's mit'n Zug thout göih,
Wär ih spöter dir erklär'n,
Denn wos z'lang werd, laut't niht schöi,
Und ih könnt niht ferti wär'n.

Doch wennst mahnst von höi senns ner,
Ba den Zug, dau werst dih brenna,
'S kumma ahni recht weit her,
Wou mer niht in zehnst'n kenna.

Der Professer Rauch is jo
Goar bis von Berlin raus kumma,

Und viel hundert Künstler noh
Hob'n Nas'n unternumma.

Senn den weit'n Wög dauher,
Unsern seiling Dürer z'Eihern,
Daß dös herrlih Fest doch uer
Albrecht Dörer z'Löib mit feiern.

Su a Moh verböint's halt ah,
Dös is dir a Künstler g'wös'n!
Von den kohnst niht höi allah,
Na, in ganz Europa lös'n.

Wenn mer su a Bild betracht,
Horch, von Dörer thout an freua,
Schöi und frisch, es is a Pracht,
Schwürt mer d'raf, es is von Neua.

Und wöi lang mahnst, daß scho is?
Ueber vöirthalbhundert Jauer,
Und böi Farb'n no su frisch,
Sollt mer glab'n, 's wär niht wauer.

Doch öiz will ih korz und gout,
Dir dös Fest noh weiter b'schreib'n,
Wos noh alles kumma thout,
Denn ih koh su lang niht bleib'n.

Um a Zehna möiß'ns scho
Fröih gleih af'n Festploz zöig'n,

Dau derfst ober du niht noh,
Moußt dih in der Fern begnöig'n.

Denn dau is die Landwehr scho
As dou Grund dorthih postöiert,
Daß ka and'rer kummt noh,
Und die Handling niht verlöibert.

Wenn nau all's in Ordning staibt,
Fängt die Stadtmusik oh z'spiel'n,
Bis daß Singa nau oh gaibt,
Koh der fast niht all's derziehl'n.

Dau kohnst halt wos haiern nau,
Vetter, horch, bös werd dih freua!
Alli Sänger senn jo dau,
Höi und auswärts, nauch' der Reiha.

Wenn der G'sang nau is verweht,
Nau hölt unsern Dürer z'Eihern
Burgermaster B. a Red,
Brouderherz, böi mouß ih haiern.

Und wenn ih dertröt'n wär,
Waß ih, thout's mih doch niht reua,
Denn der sagt wos Schöin's dauher,
Daß sih koh bös Herz erfreua.

Ober horch, bös waß ih g'wieß',
Wenn's bös Denkmoal nau enthüll'n,

Su, daß jeb'n sichtboar is,
Thout sih's Aug vull Thräna füll'n.

Denn du derf'st entfernt scho stöih,
Sichst boch jeb'n Zug von Weit'n,
Horch, der Aug'nblick werb schöi,
Unb ganz Nörnberg greint vur Freub'n.

Stolz berf unser Nörnberg sei
Unb berf sih noh glücklih preis'n,
Denn ganz Deutschland koh ber sei
Solchi Künstler niht afweis'n.

Doch in Dörer niht allah,
Nörnberg koh scho meiher Männer
Nenna, böi in Guß und Stah
G'ärbet hob'n für jeb'n Kenner.

Derfst in Peiter Vischer ner
Unb in Aebam Kraft wou nenna,
Unb Veit Stauß, wenn's weit ah wär —
Ueberoall bau thout mer's kenna.

Doch Gottlob mir hob'n jo
Künstler ah zou unsern Zeit'n,
Sicht mer unsern Burgschmieb oh,
Su schlögt an bös Herz vur Freub'n.

Unb a wöi viel Männer noh
Hob'n mer höi in unsern Mauern,

Döi mer Künstler nenna koh,
Und ihr Ruhm werd eiwih dauern.

Doch bös hob'n mer niht umsunst
Unsern König Ludwig z'dank'n,
Denn für Wissenschaft und Kunst,
Haut sei graußer Geist ka Schrank'n.

Siech ner die Kunstschoul'n oh,
Döi sih unsers Königs freua,
Unter sein Schutz mouß doch jo
Alles gout und schöi gedeiha.

D'rum ban Schluß haßt's: Stimmt öitz noh,
Und a jedes werd mitsinga,
Stimmt: „Heil unsern König!" oh,
Dös mouß as'n Herz'n dringa.

Ober nau gaiht oh dös G'laf,
Denn nau werd der Rückzug g'numma,
Wieder af dös Rauthhaus naf,
G'rod ju wöi der Zug is kumma.

Und nau gaiht a jed's hamm,
Denn 's werd Zwölfa unterdeff'n,
Und döi Herrn kumma zamm
All in Bay'rsch'n Huf zon Eff'n.

Vetter A.
No, wöi is denn, sog mer ner,
Wou mer Nahmittog hihgenga,

Daß mer doch su hih a her
Von der G'schicht noh rieb'n könna.
Huhl mih um a Dreia oh,
Geng mer naus in Müllersgart'n.

Vetter B.

Su, goar um a Dreia scho?
Dau derfst du niht af mih wart'n.
Ih gaih in b'Kameibi nei,
Werd a herilihs Stück dort göb'n,
Glab, ih bild mer's ner su eih,
'S is su wos as Dörers Löb'n.

Is nau die Kameibi aus,
Nau werd wuhl a jeb's renna,
Hih zon Albrecht Dörers Haus,
Wou viel hunbert Lamp'n brenna.

Und von dau aus gaiht mer nau
Wieber af'n Festplotz nunter,
Wenn's a Poar berbrück'n dau,
Vetter, nehmt's mih goar niht Wunder.

Denn bös bild't ih mir scho eih,
Wos bau werd für Mensch'n göb'n,
Jeber will ber cierst seih,
Dau gaiht's manch'n on bös Löb'n.

Denn dau fichft in Dörer ftöih,
Wöi mern nemmer fög'n tönna,
Haßt dös — da der Noacht ju fchöi —
Wou a ju viel Jack'ln brenna.

Und ju b'fchlöißt fih nan döi Freud,
In die Chronik werd mei's fchreib'n,
Denn fu lang als Nörnberg ftaiht,
Werd's ah in Gedächtniß bleib'n.

Doch öiß mahn ih, hob ih dir
G'wieß recht deutlih alles b'fchrieb'n,
Glab'n, denk ih, werft du mir,
Denn ih hob nix übertrieb'n.

Deiß betracht halt alles g'nau,
Und lauß dir ka Zeit niht reua,
Haut dir alles g'fall'n nau,
Vetter, horch, fu werd's mih freua.

Schlußgedicht.

Alles haut mih fcho betroff'n,
Is dös eppet 's Letzt dau goar,
Daß ih wieder mei Verhoff'n
Deiß noh kröig in graua Stoar?
In der Welt haut all's fei Ziel,
Ober dös, na, dös is z'viel!

Mih haut Sorg'n, Kreuz und Leid'n,
Kronkheit, Sterbfäll, Alles drückt,
Mir hob'n blöiht sei nit viel Freud'n
Herr, du hauft mer Alles g'schickt.
Mit Gebuld, Ergöb'nheit,
Hob ih's trog'n jederzeit.

Ober in mein alt'n Tog'n
Goar noh meini Aug'n ah,
Su wos is sei niht zon sog'n,
Senn verfinstert alli zwa.
Dös is mir a Jammer g'wieß,
Der goar niht zon b'schreib'n is.

Herr Gott Vater, du werst wiss'n,
Der mih scho as mancher Nauth
Und as manch'n Jammer g'riss'n,
Wos mih oft betroff'n haut.
Staih mir wieder bei nohmoal
Und befrei mih meiner Quoal.

Solltet's ober nauch dein weis'n
Nauthschluß andersch b'schloss'n sei,
Will ih ah dein Will'n preis'n
Und mih füg'n gebuldi b'rei.
Und befehl mein Geist on End,
Vater, stets in beini Händ!